一草一木总关情

杨士军◎著

云南大学出版社
YUNNAN UNIVERSITY PRESS

图书在版编目（CIP）数据

一草一木总关情 / 杨士军著. -- 昆明：云南大学出版社，2020
ISBN 978-7-5482-3987-1

Ⅰ.①一… Ⅱ.①杨… Ⅲ.①诗集－中国－当代
Ⅳ.①I227

中国版本图书馆CIP数据核字（2020）第089848号

责任编辑：陈桂华 **装帧设计：**刘 雨 王婳一

一草一木总关情

YICAO-YIMU ZONG GUAN QING

杨士军 著

出版发行：云南大学出版社
印　　装：昆明理煋印务有限公司
开　　本：889mm×1194mm 1/32
印　　张：7.375
字　　数：147千
版　　次：2020年6月第1版
印　　次：2020年6月第1次印刷
书　　号：ISBN 978-7-5482-3987-1
定　　价：50.00元

社　　址：昆明市一二一大街182号（云南大学东陆校区英华园内）
邮　　编：650091
电　　话：（0871）65033244 65031071
网　　址：http://www. ynup. com
E-mail：market@ynup. com

若发现本书有印装质量问题，请与印厂联系调换，联系电话：0871-64167045。

花开的声音与行走的倩影

张斯恒[①]

引　子

当案桌上猛然又呈现一本士军的力作时，我不禁又一次地去追忆尘封的往事。

那还是在20世纪八十年代的一个暑假，我去一座偏居乡野的小镇家访。那里有我班上的一位学生。坐着公共汽车颠簸了将近两个小时，终于来到了小镇街巷的一个入口。只听见从街巷深处传来一声清脆却又洪亮的命令："好啦，今天就玩到这！我们都回家写作业去吧……"那样的声音，是我熟悉的。想来一定是

① 张斯恒，上海市廊下中学校长，任上海市教育学会初中教育管理专业委员会副主任等职。曾获上海市五一劳动奖章，获"全国未成年人思想道德建设工作先进工作者"等荣誉称号。1988—1991年期间担任本书作者杨士军的班主任。

他！于是寻声而去，小镇上狭窄的街巷中奔跑着十几位少年，领头跑在最前面的险些与我撞个满怀，而他正是杨士军同学。

红彤彤的脸颊，红润润的嘴唇，还有因汗水满头而耷拉在脑门前的浓密的发丝……活脱脱一位阳光少年！看到我突然出现在面前，他羞涩地低下头，不知说什么好。只是呢喃道：“啊，张老师……”在我眼中，他是安分守己的学霸，但我没有想到，他竟然还是这个小镇上十几位少年的领袖！那天，我走进了他家，与他聊了好多。不知怎的，我们聊起了花草。“老师，您也喜欢花草？我们这儿花可多啦，有蒲公英，有紫藤花，有栀子花……最美的要数初夏时节的蒲公英，只要风一吹，它便会飞舞起来，飘向空中，然后就不知道飞到哪里去了。还有香气沁心的栀子花……”原来，在少年的心中，还有一幅至圣至美的百花图。原来，他的心声，是和着每一个季节花开的声音律动的。

士军高中毕业后，我感觉他就如一朵蒲公英飞走了，但他说起的那种栀子花香却一直在我的心海里氤氲。以后的日子里，我时常在寻觅那样的美丽音画。我知道，他热爱教育，自主选择进了上海师范大学，后来还成为一位理学博士。他成了上海的特级教师，又成了复旦系中小学的校长。而他的每一次进展，便是一次又一次花开时的最美的声音。几年前的一个夏日，他驱车 80 多千米，从复旦附中来到了我的爱廊园……

那天，他著述的《诗意地理》呈现在我面前，书上郑重其事地写着："敬请张老师指教，学生杨士军。""指教"我自不敢当，但作为曾经的班主任与语文老师，我看到"诗意"二字，自然又是喜不自禁。那天，我们又聊了很多，从师生到学校，从花草到教育。他说："教育，实际上就是对生命的重塑，是对生命的敬畏，哪怕是一朵花，一颗草……"我瞬间感觉到，他的心声实际上就是花开的声音；他在教育征途上的每一个回眸，都留存了他行走的倩影。

花开的声音

士军并不是一位植物学家，充其量是一位花草爱好者。他也不是语文教师，而是研究中学地理教学的专业人士。但在他的 170 余首诗中，我分明感受到了他着实是一位虔诚的花语倾听者与如痴如醉的花音倾诉者。

《诗经》有云"参差荇菜，左右流之。窈窕淑女，寤寐求之"，又语"蒹葭苍苍，白露为霜。所谓伊人，在水一方"，皆以花草之禀性来比兴生命之感悟。而士军赋予花草性情，则是以理学博士特有的敏锐眼光，以其精湛的语言运用能力来展示生命中每一天的感怀。"花下隐雏鸟，蔓韵唤人回"（《凌霄晨韵》），“清风生吊兰，一茎展从容”（《咏吊兰》），“此君一枝无限态，独立方圆淡纷争”（《新荷》）……在士军的笔下，一草一木皆有情。士军的花草诗，绝非无病呻吟，而是见花草之生息思人生之性情，或呼唤，或从容，或淡泊，此非有一种倾听花开的声音之宁静、之神思、之呓语的品性与才学不可。

士军生活的主旋律可谓如轻柔的花音，静谧得让人禅悟。“春去花还在，人来鸟不惊。”（王维《画》）此为王维经典诗之一，人与物完全融为一体。而在士军的诗作中，我们又有许多的相识。“人间又草木，把盏自陶然”（《碧螺春》），在山野之中，茶香之时，淡然茗茶，看世间花草生生息息，观人间沧桑平平淡淡！即使是较为浓烈的大红袍，也可以是“小啜一口洗尘埃”（《大红袍》）的盏浅情深。那是需要一种怎样的逸志才能拥有的情怀啊，正如其诗中所云“未雨悠闲禅语环”（《慧心谷闲游》）。

行走的倩影

读万卷书，行万里路。士军以草木为圣，以虔诚之心聆听花开的声音，并以如痴如醉的诗句为我们展现了人间花语。

在令我们陶醉之余，他还投身于寂寞的花径，在山花烂漫的原野，在荆棘漫漫的山径，甚或是在鲜花无开主的古巷。

“神农江南十里画，寒露轻装寻芳菲。”（《秋会大九湖》）你看他是如此地痴迷于花香。士军在寻觅着“天山有路谱群英，深岩苍翠画卷中”（《过天山·独库公路》）那崖壁上劲开的花朵，他把它擘画成壮丽的图卷。“小曲悠扬帆隐现，紫月湖上香荷谣。”（《潜江行》）在潜江，士军在寻觅帆影之时，念记着的依然是清香荷花与它的歌谣。在“林间香紫妍”的李中水上森林，他留下的是向往着“路阻亦悠然”的惬意身影。

花径与万里征程，本不应是在一起的，因为前者是花前月下之美，后者是万里长空之美。但士军独行的倩影将两者融为一体，或感喟，或长啸，或缠绵，或壮丽，壮丽山河与唯美花间留下了他行走的每一篇诗话。

他的身影是美丽的，那是以他所从事的地理教育固有的审慎学术态度，以他所钟爱的花草生息本有的萌发生长韵律，用他那富有哲理又兼具美感的诗句勾勒出来的。

读罢掩卷，我知道了，这世间的花开的声音，便是士军这诗集中的每一行韵律；这大自然的每一个剪影，便是士军这诗集中的每一种画意。

如今，你在西湖之畔，我在金山脚下，我们相距百余千米，但依然可以时时听到对方的声音，依然可以时时看到对方的身影，只要这大自然中还有花草存在，只要我们依然行走在人生路上！

2019年枫叶正红时于上海金山爱廊园

始信南风有浅深

李　辉[①]

我们总是会说生活太枯燥，我们总是向往诗和远方。可是诗和远方在哪里呢？你的远方不就是别人的门前。其实，远方从来不在天边，不在双足长途跋涉的终点，而在心灵长途跋涉的终点。心灵的跋涉过程即是诗意，所以远方就在诗的终点。诗这么重要，历代吟诵，口耳详熟，那是文化中最核心的部分。很多人从小读诗，却很少有人从小写诗。读诗，可以向往着他人的远方，向往着“面朝大海，春暖花开”；写诗，可以探索出自己的远方，探索出内心那最细微最柔软最隐秘的地方。

据我所知，杨士军老师近年笔耕不辍，涉猎广泛，更可喜的是他一度沉浸在了诗意中。在我看来，有的人写诗，格律严谨，辞藻华丽，但是诗意荡然，根本没有向远方迈出一步。而

---

① 李辉，复旦大学生命科学学院教授，博导，诗人，现代人类学教育部重点实验室主任，复旦大学科技考古研究院副院长，大同市中华民族寻根工程研究院院长。教学成果卓著，获得“研究生心目中的好导师”称号及上海市教学成果一等奖、中国出版政府奖提名奖等荣誉。

杨老师写的诗，信手拈来，满满的都是诗意。一开口，心就已在远方，因为他已在远方。

杨老师的这本集子中描绘的都是一草一木、一山一水。他还谦虚地认为这是受了我的影响。我又如何能影响他呢？显然杨老师客气了。简简单单的日常事物中，要发现浓浓的诗意，这需要怎样的眼和心啊！一石一草都有禅意，都可以悟道，只在于你能否见到。正如杨老师诗中所言：始信南风有浅深。

2019 年立冬

为草木歌唱

杨士军

天然，纯真，独立，自在，智慧，利他，绚烂，坚强，如诗如歌。在这里，我说的当然是花儿。

几尺见方的土地上，种有小白菜、辣椒、山芋，一架扁豆爬上了墙，大有占领整个小院的野心。“带雨繁花重，垂枝脆荚生”，这是夏天的“扁豆图”。入秋后，扁豆似乎采不完。扁豆切成丝和肉丝一起炒，加几丝青的红的辣椒，丝丝缕缕成就的美味，演绎着简朴生活的富饶和安心。

因为学科背景和工作的原因，我从长江尾走到长江头，从《诗经》读到自媒体“植物星球”，认识了从野生到人工培育的各种花草树木。探索越多，越加谦卑：我希望自己能如草木那样生活，并为一切草木歌唱。

我自己种花，也鼓励自己的学生种花。“世间既有早慧的孩子，也有开窍晚的孩子。人才培养要尊重儿童、少年自然生长的性态，耐住性子，静心陪伴。”这是我种百合花得到的教训。学生种花，可以观察生命的历程，培养对生命负责的态度。

美好生命，歌以咏之。生命的美好教育，是教育工作者的使命。

在大学毕业年代，我还写了一本诗歌集子，名曰《一水集》，其中一首关于植物的诗获了奖。近年，复旦知名遗传学者李辉教授鼓励我写近体诗，并将此作为日记的形式之一。陆续写了一些之后，我和李辉教授及几位朋友出了一套三本的集子，名字叫《燕曦诗丛》。又过了一年，我结合地理专业，在《地理教学》杂志和《新民晚报》上发表了系列小诗，整理出版了《诗意地理》一书。

农历戊戌年（2018 年），因朋友鼓励，我完成了微信朋友圈“日发一诗”的任务。好友建议我不妨再出个集子，分享植物学探究和诗歌创作的乐趣与收获。于是，我从“日发一诗”的诗中选取了 176 首，与诸师友分享。

如今，你手中的这本册子，记录的是我与自然、自己的对话——聚焦于“草木”这个主题，分成三个部分，第一部分主题为“总是多情寄少年”，第二部分为“四处景物皆成趣”，第三部分为“有诗有花享生活”。

一本哪怕再薄的诗集的推出，也一定会有很多幕后英雄的默默支持和付出。首先要感谢云南大学出版社的蔡红华副社长和编辑陈桂华、朱军老师。我还要感谢提供部分照片的摄影师周荆宇、项琳、陈志坚、李辉老师，感谢黄雨桐、谭国恩、李程、钱沛云老师提供了部分书法作品，感谢对诗集提出宝贵建议的诸位朋友。

做万物的歌唱者，做生命的歌唱者，做美的歌唱者，像草木一样，真诚而充满诗意。在此，就让我们用花一样的赞叹，见证这本美丽诗集的诞生！

2019年11月18日

总是多情寄少年

四处景物皆成趣

有诗有花享生活

总是多情寄少年

草本有情

本作寻常物，无语亦似水。
生生如智者，相对难知谁。

咏石斛兰

雨润石斛兰，霞辉映清婉。
疏花自轻盈，入室笑承欢。

（未署名的照片均为作者拍摄）

铜钱草

本自纤草间，濯水心愈静。
携君入雅室，楚楚异凡尘。

春日闲步

北首早樱雪，东坡白玉兰。
乘风馨阔野，进退任纸鸢。

周荆宇 摄

角　堇

春雨和风满院芳，娇花照水乐悠悠。
元宵娴婉情缠绕，灵动从中赏不休。

虞美人

雨后彩虹现，友朋醉微澜。
美人和风曳，缘来系博南。

博南系永平县城所在地，由原老街、曲硐两镇撤并而成。

茶 花

南区三月春意浓，群芳独妍玉茗红。
朝夕不言任评说，自领旖旎浦江风。

注：此处的南区指复旦大学本部南区。

趣识地丁

野坡雨润相拥长，翠动春分彼此倾。
花小色馨人喜爱，闲识锦绣醉地丁。

致白丁香

一枝雪润紫藤东，馨暖诗书意万重。
总是多情寄少年，盈盈映窗伴晓风。

白丁香为紫丁香的变种，花密而洁白，素雅而清香。

牡丹贺春

楚楚含娇又朝霞，庭前春色共时欢。
缤纷无限承心意，新近频频醉牡丹。

项琳　摄

碰碰香

叠翠沾晨露，春风送沁馨。
撩人香一抹，不负赠花情。

蒲公英

谷雨图影湿地行，梅子树下见蒲公。
问君春游何时归？一路看花趣正浓。

图影湿地位于湖州长兴，是由四个漾荡组成的典型的湖泊型湿地，野趣横生。

杜鹃花

长兴重遇杜鹃红，疏枝生云芳无声。
拙朴不似凡间态，细看自然颜色真。

海　棠

海棠本无香，春浓君来招。
洁声满南国，浅吟伴昏晓。

海棠种类繁多，无论哪一种，花开时既可养眼，又能启迪思想，给养灵魂。

鸡爪槭

雅枫萧萧沃野空，斜阳当春叶芽娇。
芳容力敛花本色，池边丰盈独妖娆。

石　竹

洛阳缤纷色，立春次第芳。
山花新烂漫，飒爽秀衣裳。

注：石竹也名洛阳花。

酢浆草

无限春光气象新，铜锤又见色葱茏。
浅香四季娇妍态，一盏春醪沁嫣红。

并蒂月季

姑苏城外明月升，一花并蒂酬知音。
常开四季无间断，恩爱人间总偕行。

咏蔷薇

雨晴风缓尚能行，漫漫蔷薇意且深。
花语醉人今又是，枝头轻抚总精神。

在上海，复旦大学、同济大学校园内沿路的隔离铁栅栏上多有蔓藤蔷薇生长。每年的五月，蔷薇盛开，花香怡人。

苦楝花

童年门前苦楝树，紫风含香晕流苏。
谷雨又见心意暖，独立高天笑花坞。

国权路正大体育中心东门处的这株苦楝树造型别致，花开时节总叫人流连忘返、浮想联翩。

郁金香

春来亭亭立芳踪，东篱不见巧落红。
闲夜方知味犹在，长天蒙蒙细雨中。

紫玉兰

月上浦江明，玉兰盏盏馨。
夜来轻风挽，此君最佳颖。

金丝桃

申城五月新气象，细雨香暖润金丝。
晚风微拂姿绰约，超然群芳为君痴。

浅夏若烟，花盛情浓，引得好奇无数。

荷包牡丹

荷包满枝乐无垠，蜂蝶纷纷喜盈门。
青春但去动离绪，香入长歌自在仁。

我与此花初识于青海门源行走途中。

新 荷

荷萌芦荡笑颜开，日照乡野柳笛声。
此君一枝无限态，独立方圆淡纷争。

周荆宇　摄

茉 莉

小卉夏至吐雅韵，沐雨更宜纤手摘。
香助梦回花近人，月明犹待新凉来。

周荆宇　摄

茉莉
小卉夏至吐雅韻沐雨更宜纖手摘
香助夢回花近人月明猶待新凉来
己亥年春月 黄雨桐书
黄雨桐

栀子花

枇杷熟去梅子黄，翠绿丛中玉荷芳。
快晴风轻馨满庭，喜见悬栀少年郎。

百　合

南窗夏至懒斜阳，双苞一枝渐芬芳。
细雨微风起小禽，含露缕缕百合香。

百合

南窗夏
至懶斜陽雙
苞一枝漸芬芳
細雨微風起小
禽合露縷縷
百合香

己亥年春月 黄雨桐書

凌霄晨韵

今朝艳阳好，袅袅彩云追。
花下隐雏鸟，蔓韵唤人回。

羽扇花

夏至又见羽扇花，一枝扶摇生云霞。
盈姿才色雅入眼，却看缤纷美无涯。

金玲花

云上贵阳和万里，翠峦石径畅清风。
边城漫步金铃放，定广湖前待客人。

注：边城，此处特指青岩古镇。其建于明洪武十年（1377年），最初是军事要塞，现与镇远、丙安、晴隆三镇并称为贵州“四大古镇”。

黄金莲

青荷出碧水，花盛影短长。
步遇黄金莲，翩翩又何妨？

又见牵牛花

牵牛丛丛缘篱攀，枝柔叶瘦碧成妆。
蜻蜓远来伴娇容，淡青粉紫各芬芳。

一年蓬

日照嘉贤涌沸泉，诚信始祖叹延陵。
新花女菀清香远，诗出丹阳画境明。

一年蓬是菊科飞蓬属一年或两年生草本植物，民间俗称比较多，女菀是其别称之一。

仲夏季紫荆

豆荚纷纷枝头盈，淡忘四月浓紫英。
识得翠微心陶然，始信南风有浅深。

咏吊兰

清风生吊兰，一茎展从容。
映石独幽雅，楚楚离尘中。

狼毒花

花开艳丽狼毒草，沙舞高原少友邻。
绚烂朝夕真药效，根茎坚韧藏书馨。

藏族人记录历史文化所用纸张多用狼毒花根部制成，且见于藏经。它不但驱虫防虫功效大，且历经千年不褪色，纸张可呈现出雅致的藏蓝色。

见多肉植物随感

南国六月犹如春，庭前晚霞亦承欢。
熏风玉露此相聚，肉肉几度笑梅兰。

蒲　苇

梅溪蒲苇风影动，胜处泛舟欲赋诗。
野水清寒冬钓客，相逢陌上共酌之。

蒲葦
梅溪蒲
葦風影動勝
處泛舟欲賦詩
乙亥年春月 黄西桐书
野水清寒冬釣
客相逢陌上
共酌之

洒金桃叶珊瑚

浦江斜阳意如云，月下千里不言迟。
美女游子霜降俏，等闲难辨洒金丝。

己亥年春月　黄雨桐　书

咏木槿

木槿常含笑，红颜唱晓晴。
春秋庭院绕，吐蕊总关情。

马褂木

独木风格映，秋浓更斜阳。
生宜湿润处，最爱舞衣裳。

八角金盘

小区阳艳色彩纷，八角金盘独一份。
身处低等苍翠在，献花承露引蜜蜂。

题香雪兰

幽涧淙潺得见偶，江南烟雨叶青青。
苍兰灵璧春当浅，屡屡晨曦满目馨。

文 竹

文质彬彬竹，玲珑抒雅怀。
倩影何婆娑，清韵入诗来。

爬山虎·冬韵

劲风动叶高墙展，不逊雅姿更逞强。
情韵悠悠舒极意，锦上冬至并霞芳。

爬山虎

几蔓登攀抒绚丽，叶生锦绣映枝丫。
芳樟寄语此应诚，犹似春风唱晚霞。

蝴蝶兰

蜂恋蝶花醉一枝，香幽室雅梦江南。
绛红摇曳盈盈笑，兰色妖姬恐无先。

蟹爪兰

落雪时节翩跹舞，孤独一剑探春行。
螯肢蟹爪伊有道，红裙晓曦吉祥临。

波斯菊

冬至西溪地，秋英雅兴添。
芳姿几度彩，瘦影曳云端。

羽叶甘蓝

寒中但见甘蓝舒，几处紫云别样情。
花胜景幽迷人眼，雪濯羽叶翠里迎。

绿 梅

近午寻芳春四野，东风池畔玉蝶花。
清新一树枝枝俏，绿萼自然寄物华。

友赠水仙元宵新芳

盈盈百卉翩翩舞，含笑传香愧寒梅。
陋室年年春色好，元宵又赋醉银台。

长寿花

晨曦绽红云，风顺寄清雅。
平淡温和态，南轩长寿花。

倒挂金钟

如梦吊钟花，悠悠唱老歌。
门前芬芳满，岁岁且恒和。

风信子

春光无限草青青，幽谷谁识趣里闲。
闻雨听风多喜乐，清芬又见洋水仙。

再咏风信子

几案和风有静者，若兰凝碧耀寒冬。
为传春信嫣红动，浪漫濯尘韵共通。

醉 兰

晨光泄泄锦绣结，兰陵兰香味初觉。
寥寥数点淡芬芳，春风徐徐赴新约。

题花蝴蝶

春风无常寄几分，落地生根意志坚。
暮鼓晨钟好心态，推窗含笑亦恬然。

石　楠

雨霁伊独秀，春风勿忘归。
移情妆色艳，出众赛霞晖。

日本鸢尾花

湖畔茕茕立，飞鸢气若兰。
风流情至柔，一醉向青天。

葡萄风信子

从下新芳低调展，蓝妆含露态轻盈。
蝶蜂浅笑闲中趣，小伞丁丁嬉闹形。

四处景物皆成趣

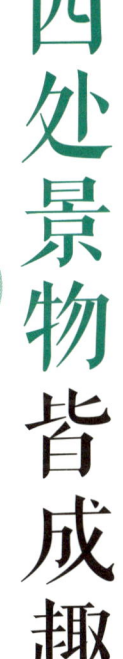

花好门源

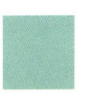

人间六月暑方浓，又赴江源觅旧踪。
难画祁连美山水，时晴时雨戏花蜂。

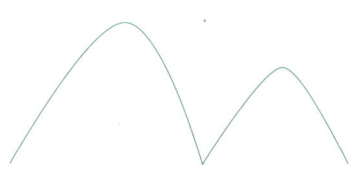

高桥古镇 · 春

无香海棠暖新枝，莺鸟私语叹落英。
纵有诗情千万浓，难写小镇春光明。

醉　春

吴江有樱弄春来，欲抚芳华醉里开。
斜阳犹识枝头雪，岸柳堪藏月下怀。

西湖春色

重访西湖春渐浓，俗眼但见岸边柳。
月上西坡思乡路，雄心犹在意未休。

风　车

东风送爽祥云生，无边馨黄平地连。
绝胜如此堪称奇，闲倚长亭向高天。

風車

東風送爽祥雲生，無邊馨黃平地連。
絕勝如此堪稱奇，閑倚長亭向高天。

乙亥年春月 黄丽桐书

题西湖琼花

凡间无右琼花美，天下一心向淮南。
冷艳洁白三月贵，西子湖畔聚八仙。

瘦西湖和西湖风景虽然不一，但琼花开放的时间及其盛况大体是一样的。

枫泾古镇·乡恋

仲春陌上花伴雨，岸柳曼舞风盈怀。
凭栏泰平桥映月，乡音犹在枫泾来。

平水晨会

朝晖沐柳晓烟低，于越楼前翠鸟啼。
微风禹溪漾春波，布谷何必邻家知。

每每想到当地高速路出口处那则“平水相逢”的欢迎广告，心底不由得会生出不少的好感。

复旦园

菡萏静妆意自闲，风吹莲叶柳如烟。
燕园赋句蓝天下，醉卧翠微揽碧山。

陈志坚　摄

復旦園

藹藹靜妝意自閑
風吹蓮葉柳如煙
燕園賦句藍天下
醉臥翠微攬碧山

己亥年春月　黄雨桐　书

水口顾渚即记

谷雨东风吴天阔，高亭远望震泽宽。
杜鹃戏竹黄昏语，踏月欲上洞庭山。

震泽，太湖古称之一。太湖为我国第三大淡水湖。

薄荷报春

晨光曳曳又逢君，香草一枝戏劲松。
莫道篱疏相识晚，朔风起舞竞春中。

2020年初，新冠疫情来袭。居家隔离的特别日子，窗外的景致让人心生感悟：生命是一场交响乐，所有的音符旋律都可以让人心向往之。

大花蕙兰

连日寻芳各自春，涧草又入客堂来。
一茎九蕊当空舞，君子佳人乐开怀。

兰露

晓旭春光媚，兰芳并吐馨。
甘深兹露聚，尤寄护花情。

慧心谷见识印度莲

方寸莲一叶，春来脉又新。
盈盈深禅意，何试碧波心。

过长兴

寻春长兴清丽地，太湖浪吟白云边。
阴下渔翁漫摇扇，青山绿树品茶闲。

丘陵起伏，湖水潺湲，微风杨柳和似乎蕴含着淡淡早春气息的寒烟，构成了一幅清新淡雅的画卷。

初夏游宜兴竹海

竹海如歌阳羡里，风来尤系短笛闲。
幽亭雾去峰峦现，寻步方知水阻艰。

湖㳇镇的竹海风景区，万亩翠竹随山势起伏，恰似波涛翻滚，延绵不绝。

绿色，在股市里未必令人欢喜，在自然中却足以让每个人心存感激。

题宝莲灯花

私下瑶池宝莲灯，低首方显凡胎情。
纯真雅韵厅堂驻，扮靓新春递禅音。

胥塘寻春

烟柳廊桥出吴乡，古镇寻步醉园春。
为谁试舞浅飞雪，慢曲轻歌几度闻。

相传西塘由春秋时伍子胥引胥山以北之水入境而成，故西塘也叫胥塘。西塘镇有“吴根越角”和“越角人家”之称，是江南六大水乡古镇之一。

佛 手

动情仙人指，春光映禅心。
身披金铠甲，合掌送清音。

春　恋

风雨轻斜正清明，取法自然亦有情。
梨花落去春更浓，明年依旧长流馨。

郊野春趣

柳芽雨露轻雷动，二月新微趁早耕。
芳草萋萋争明媚，悠哉湖畔戏水人。

在此郊野春光烂漫时节，理工男也可以出口成诗！

外滩观郁金香

雨雾南风洋荷郁，曾经雪舞为君花。
春狂且伴酬观客，笑对长天羡晚霞。

近午闲步赏海棠

东风微动花尊贵，雨霁妖娆醉待芳。
露重且赏霓裳样，侧身近嗅却无香。

李中水上森林赏二月兰

水上轻烟起，林间香紫妍。
风缓春无限，路阻亦悠然。

团氿湖赏绣球花

霞落粼波团氿碧，芳菲不尽绣球传。
玲珑一树千堆雪，便作殷勤相对前。

白色的绣球花，往往含有希望的意味。

孟夏日斜阳

临湖万物秀亭桥，落霞归鸟苇轻摇。
闲时少愁恋茶香，短笛声声烟渺渺。

参观上海战役总前委旧址有感

当年紫藤犹春色，花好景秀皆可吟。
群英荟萃丹阳艳，东进始安顺民情。

青海湖感怀

千里草原平地起，云祥山廓鸟齐临。
远接青水金花里，错把神湖作海滨。

每年七八月份，环青海湖的千亩油菜花绽放，碧波万顷的湛蓝湖水边散布着金灿灿的花田，高山牧场开满五彩缤纷的野花，如缎似锦，又有数不尽的牛羊、鸥鸟点缀其间。

千里草原平地起雲
祥山廓鳥齊臨遠接
青水金花里錯把神
湖作海濱

譚國恩

宏图

叠彩重绯盘锦秀，喜生蕊簇贺新春。
料得馈赠深情意，长寿吉祥更醉君。

西上帕米尔

云伴丝路登葱岭，神来低吟阵阵风。
恰似牦牛恋苜蓿，西域白沙湖声声。

帕米尔高原，古称葱岭，喜马拉雅山脉、喀喇昆仑山脉、昆仑山脉、天山山脉、兴都库什山脉五大山脉在此汇集。

门源东川尕牧龙上村随笔

香送晚归花赏人，路遇群蜂味犹馨。
明月东山如约在，却望西宇霞色新。

你见或者不见，它就在那里。如今，这个在自然状态下生长的高原村落，正向世人展现其神秘而古老的韵味。

过天山·独库公路

天山有路谱群英，深岩苍翠画卷中。
才见明月此间升，回首方知万千重。

这些似乎熟悉又不熟悉的景观，构成了个人行走的重要记忆。

龙王垭山庄

五岭飞云山气象，武当闲会萱草香。
昔时农场今喧嚣，里外观澜最梦乡。

龙王垭山庄是湖北省目前投资规模最大，也是唯一完全依托农业发展起来的生态旅游项目。偶然遇见的萱草似乎又为山庄增添了一种书香气。

潜江行

皆言潜江楚虾好，客念此君云容娇。
小曲悠扬帆隐现，紫月湖上香荷谣。

项琳　摄

游大理古城

拾级叶榆月上弦，柳阴闲溪歌声绵。
隔水清韵引客至，风送茶香苍山前。

大理，又名叶榆、紫城。古城古朴幽静，城内溪水流淌，风景别致，让人流连忘返。

仙米森林公园行记

浩门荡荡一路随，渐入仙米桃源境。
高低远近景各成，自在其中难觉醒。

秋会大九湖

湖草惊鸿重峦翠，疾风疾雨戏鸭归。
神农江南十里画，寒露轻装寻芳菲。

樟江印象

何处消烦暑，荔波小七孔。
水中千万韵，诗画醉清风。

生命中，总会有某些去处让人流连忘返，刻苦铭心，内心充盈，胜过繁花万千。

苗寨印象

千户苗家豪气势，彩云袅袅秀西江。
美人靠上美人靠，菡萏妍红唱悠闲。

遇见西江遇见美！难怪余秋雨先生有感而发，用富含哲理却极其自然的“西江，以美丽回答一切”做出评价。

秋 夜

高天秋来云遮月，短笛卧听独悠然。
烟雨梧桐闻飞雁，田间低语夜来香。

高天秋
来雲遮月短
秋
笛臥聽獨悠然

己亥年春月 黃雨桐書

夜
煙雨梧桐聞飛
雁田間低語
夜来香

游江郎山

日隐江山异，应染三爿石。
秋来利奇马，林岚唱衢溪。

白露有感

此时南郊碧云天，俯首秋光也清浅。
愿将佳期共欢酌，北山处处栾花闲。

白露时节，天高云淡，气爽风凉，昼夜温差变大，晚上丝丝凉意，让人明显地感觉到凉爽的秋天已到来。

巴音布鲁克暮色

霞舒彩云卷，原荡鸥鹭间。

路途微醺客，曲胜十八弯。

长乐林场印象

霜降余杭香桂漫，径山寺下尽禅理。
石斛处处风雅韵，更喜研学遇知己。

观山瀑时感

日近沉山野未昏，南郊红染色也奇。
流水澈澈游人醉，最是坦荡万里溪。

崇明农家乐小记

嫩菊初黄农家乐，夕照秋枫落日娇。
户户垂柳笑声飞，人依净土醉听涛。

崇明岛被誉为“长江门户，东海瀛洲”。早在2004年，国家和上海市就将崇明岛定位为“生态岛”，强调此岛的开发建设以生态保护为主，是上海的战略储备地。

嫩菊初黃叢家樂夕照秋
楓落日橋戶戶垂柳笑聲
飛人依淨土醉聽濤

崇明叢家樂小記詩 钱沛雲书

闲趣·秋至五泄

霜降五泄林岚开，相对随心醉且欢。
画峦凿径声寂寂，唯见金甲恣意展。

闲趣·望湖

山映晨晖和万里，小村一夜桂香缠。
泊舟遥望秋微露，戏水芦荻怡悦欢。

秋上千姿湖

秋色撩人香正郁，千姿湖畔气宇轩。
田间岁岁欢芳径，林下闲翁彩锦展。

这处黄河上游贵德地区的风景，简直就是世外桃源啊！

白蜡树

佳木名白蜡，秀擢蕴灵光。
祊河君独立，路遥已盛妆。

注：祊河是山东省临沂市的主要河流，属沂河水系。

喜过宏村

雨中幽径映宏村，静思缘来刻苦勤。
诸友观来图画里，远山苍翠醉归人。

过崇启大桥

纤纤丝雨露霞临，秋色撩人行不尽。
回首蒹葭鸥鹭舞，乘风欲上九重霄。

崇启大桥为江苏省与上海市首座直接对接的特大型长江大桥，也是国家高速公路网上海至西安高速公路（G40）的重要组成部分。

张掖印象

千年繁华汇河西，小闲万里游此地。
月洒花间丹霞露，常念甘州话芦荻。

西沙湿地感怀

瀛洲芦苇如青纱，白帆点点书长天。
涛声拍岸循栈道，一路东行笑开颜。

秋至长乐

得闲游长乐，风拂稻菽香。
环翠隐幽径，雨微任流觞。

闲趣·赏桂

小城细雨客居秋，丹桂野溪又晚开。
更羡径远香不断，人间至爱赋诗来。

与同事走大运巧遇鸡爪槭

迎新大运行，朔风遇雅枫。
醉羡好颜色，融融入镜中。

西湖槭韵

大雪西湖唯叶红，杭城醉卧阅之明。
钱江迢迢友朋遥，情到千里彩剪成。

雪中即语

今朝满目雪如花，断桥茶梅迎客松。
山北溪深竹笋劲，霏霏曲院残荷中。

晚 雪

玲珑小镇越餐厅，廊下点点梅数枝。
大雪景幽绯出色，松舒风缓岭千尺。

元　旦

鹊衔梅枝报新禧，云承元旦更豪迈。
掩书近窗馨十分，亦诗亦画远近爱。

元旦

鵲銜梅枝報新禧，雲承元旦更豪邁。
掩書近窗馨十分，亦詩亦畫遠近愛。

己亥年春月 黄雨桐書

题小叶紫檀盆景

盆小乾坤大，春归几案馨。
无香兰梅逊，含露紫檀新。

咏 梅

梅放一枝天下春，裁雪剪冰对金樽。
谁知心中芳万里，荷塘月色始绝伦。

项琳　摄

有诗有花享生活

和悦

欲乘东风飞月影，君随我唱凤和鸣。
梅花香雪欢歌雀，却道齐眉伴醉茗。

忘年普洱

陈皮普洱忘年交，一盏芬芳喜烂然。
月霁风清春荡漾，十分诗意蕴波澜。

滇　红

滇红春分至，知音共品茗。
茶经诗意甚，甘露脸霞馨。

碧螺春

明前碧螺春，香染洞庭山。
人间又草木，把盏自陶然。

品紫笋茶

心仪紫笋醉如花，图影溪边翠竹芽。
胜酯一筹应有余，耕云种月赋新茶。

品阳羡红

宜红款款红，袅袅味从容。
一遇荆溪壶，方圆俱醉中。

品白茶

友赠云腴白牡丹，茶甘盏浅啜饮酣。
庭花时报枝枝丽，雅室芬芳陶亦然。

梵金髻

昨夜倒寒生，梅芳脉脉中。
清黄应有道，彼此待春风。

品崂山茶

北国嘉木数崂源，撷取近赏自留香。
幽翠山行道家隐，小啜三杯春意浓。

人生如茶，倘能悟得一枝一叶之不易，便都是岁月静好。

品安化黑茶

过客初识边城夜，金华再遇渠江薄。
婉转兰气怡闲意，眉眼芬芳共酌杯。

大红袍

人间草木出武夷，岩上东风催奇茗。
小啜一口洗尘埃，盏浅情深醉美人。

李辉　摄

慧心谷闲游

山水清远竹林秀，苕溪尤系慧心湾。
三癸品茗此君爱，未雨悠闲禅语环。

草　莓

此醉君且赏，唯爱草莓芳。
湖寒带晴色，风景赛苏杭。

香椿头

越地春色无朝晚，吴天三月长抒怀。
香椿一头人方醒，遥想扁舟载鲈来。

牡丹吊兰

四月南风送，吐芳深绿中。
娉婷足自在，花小亦飞红。

韭菜花

新韭春先绿，时雨寄野情。
晚风催叶萌，花容尤开心。

枇杷熟

小满时节瓜果熟，最爱不过东山白。
回首群芳桃李眠，始有今日枇杷来。

樱桃红

年年山花最可人，齐鲁从此佳果馨。
赏得朱颜光若洗，每至小满频醉心。

杨梅山抒怀

杨梅闻名久，咫尺啖独山。
佳友昔相忆，中流吴越间。

暑意浓，梅香缠，中国红，心无尘。

藤三七

春朝向碧空，但凭蔓延功。
独立承雨露，报答护养童。

我以为，只要善良、纯真尚在，则生活一定会有诗意。

赏百合

万里移芳景全域，时妍朵朵彩云羞。
霞临枝头风含郁，情雅悠悠此意稠。

闲趣·赏荷知藕

腮韵妍彩漾碧池，芬芳脱俗漫笛声。
愿居山野观归雁，白露兹塘佳藕成。

项琳　摄

题扁豆花

立秋犹夏醉南窗，满庭晨晖嘉年华。
沐风含笑正嫣然，自爱沿藤扁豆花。

生活是美好的，因为它处处暗藏惊喜。

咏扁豆

庭前碧叶明经纬，仲夏带雨紫蝶钗。
遥想秋浓豆成串，风爽心驰满墙彩。

金莲花

新夏夕雨中，花色比无方。
万绿它初耀，日出现晶光。

闲趣·蒙自石榴

动人秋色无须艳，蒙自山深丹若别。
香陌碧空宜入画，晚凉又赴万里约。

诗意，完全可以与自在的行走相伴。

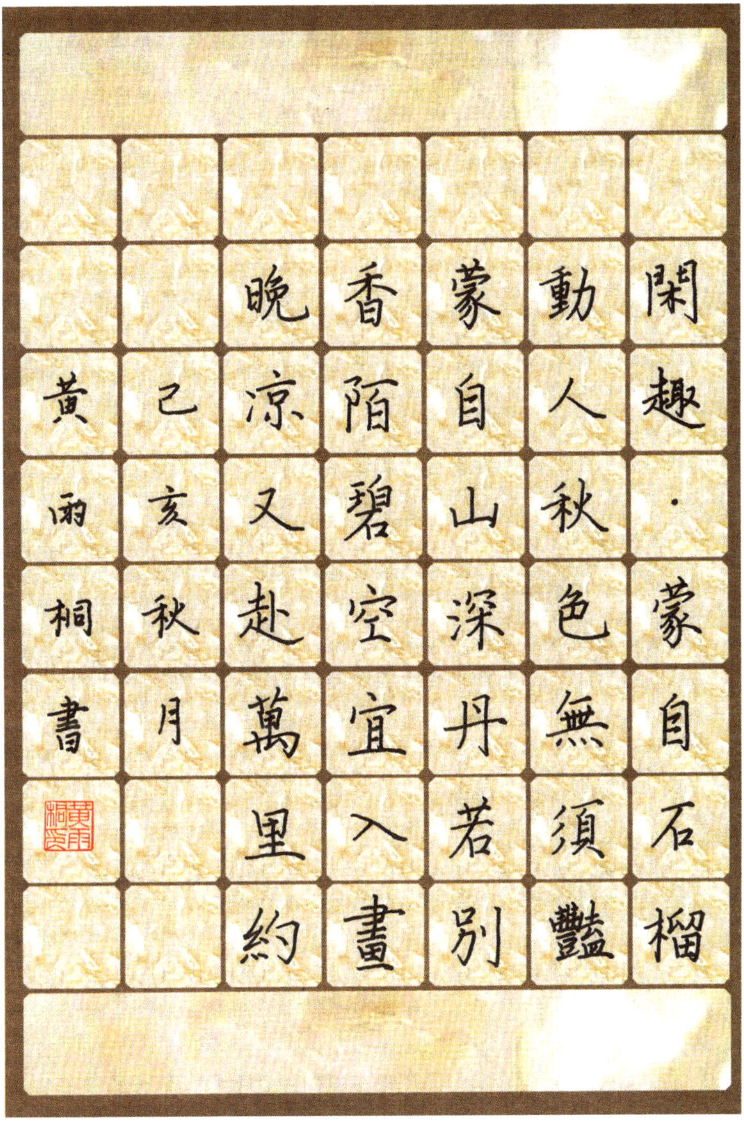
閑趣·蒙自石榴
動人秋色無須豔
蒙自山深丹若别
香陌碧空宜入畫
晚涼又赴萬里約
己亥秋月
黃雨桐書

石榴籽

秋上洒薄艳，含娇醉水晶。
晚凉传蜜语，尤爱吐芳馨。

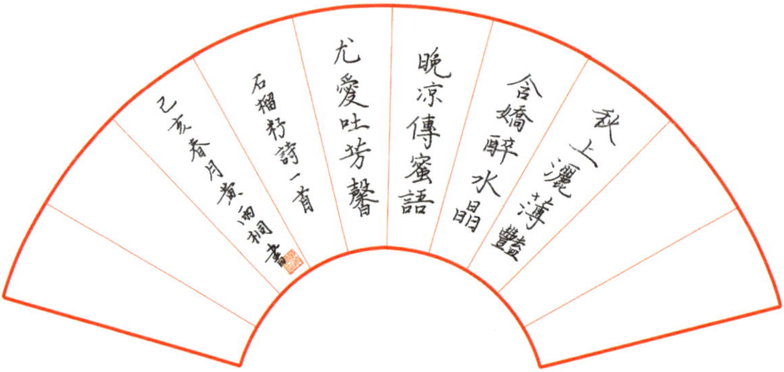

说 莲

莲池花影在，乘月正逍遥。
客归紫涧深，心邈入云霄。

闲趣·鲜肉榨菜饼

中秋绝味漾巷街，美人流连风雨否。
眼前咸品何至涎，先生只消尝一口。

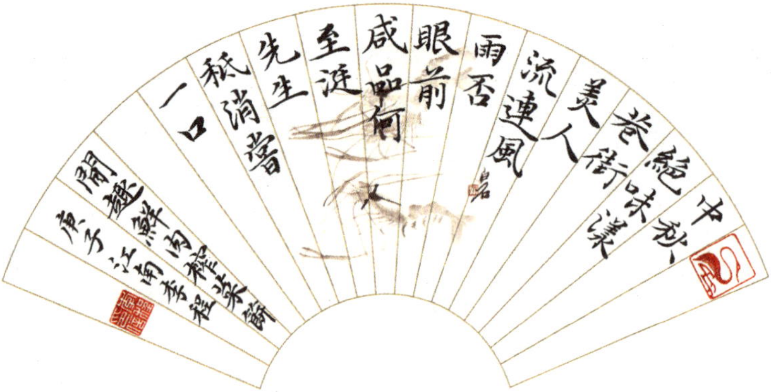

闲趣 · 临安山核桃

野山野水小核桃，嫌暑嫌寒性亦孤。
白露倚风枝尽脱，香及老少乐满屋。

闲趣·苹果

欣欣农家乐，红果实缤纷。
玉液尽青睐，归来赠友朋。

闲趣·香柚

寒露千里秋渐浓，香栾新秀几度闻。
开口相对喜难抑，唇齿流芬犹噀人。

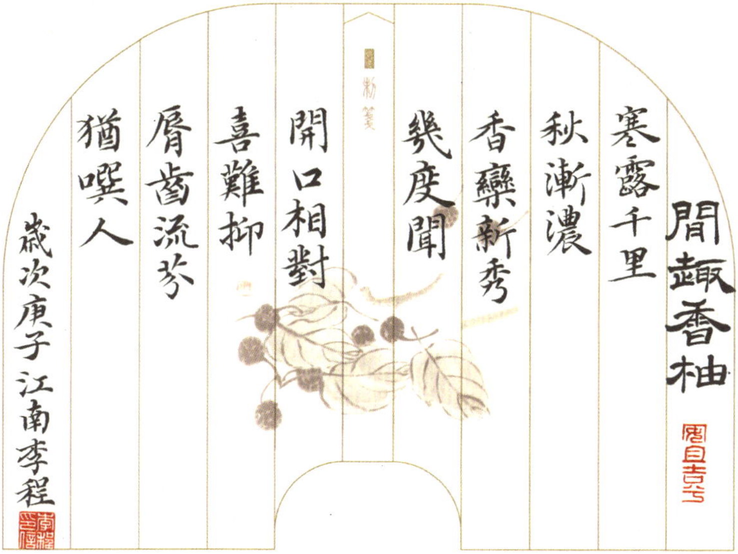

闲趣·阳澄湖

日下巴城醉，玲珑郭索展。
芙蓉时独放，霜降尽开颜。

注：“郭索”为螃蟹爬行貌，借指阳澄湖大闸蟹。

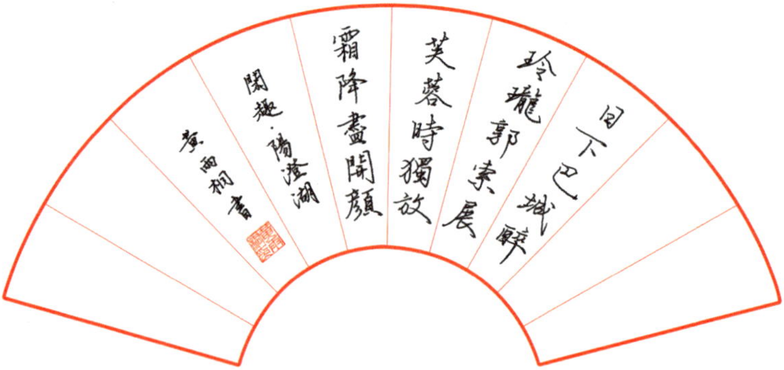

闲趣·香榧子

秋深会稽山，赤果乐开颜。
子小叹神奇，颗颗香复甜。

励志青菜

寒夜沾雨露，晓悬妙绝伦。
经霜犹精神，翠浪雪前淳。

初冬与郑兄四明山行

四明山麓暖风拂，赤水丹岩九洞天。
红柿纷纷舒此胜，夕阳湖畔醉云间。

红柿特指四明山统名果“吊红”柿子。该果色泽艳丽，果型娇小，肉质柔软。每年入秋后，柿子由青色变成红色，悬吊在树上，极为美观。

品法塞特

莫言西夏无美酒，
拂送和韵望幽兰。
苜蓿轻摇人微醉，
浅倾共饮话当年。

小米椒

番椒霜降满庭红，辛辣时稠高调展。
因恋此子乡愁解，与君并盏共酌欢。

安吉赏栗

金果盈枝四野香，笑语欣欣跃岗上。
疏云点点韵悠悠，唤我少年书声扬。

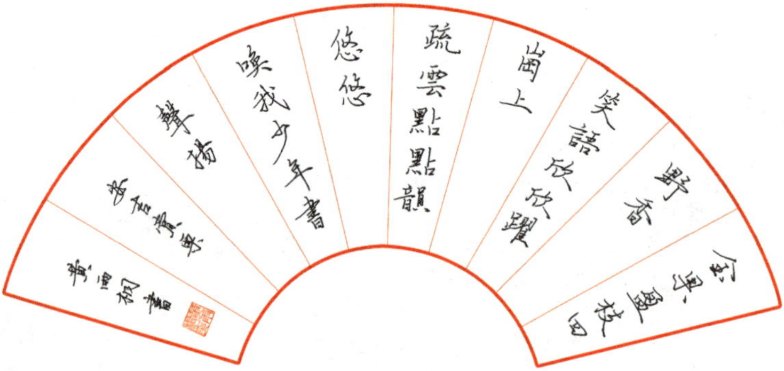

晚秋闲步

秋风长乐可人天，流转光阴独立岩。
漫步闲庭心亦醉，芦荻菽稻一帘香。

喜秋稻熟

江暮雁南归，山深任青春。
薄云曦晓润，稻熟非常秋。

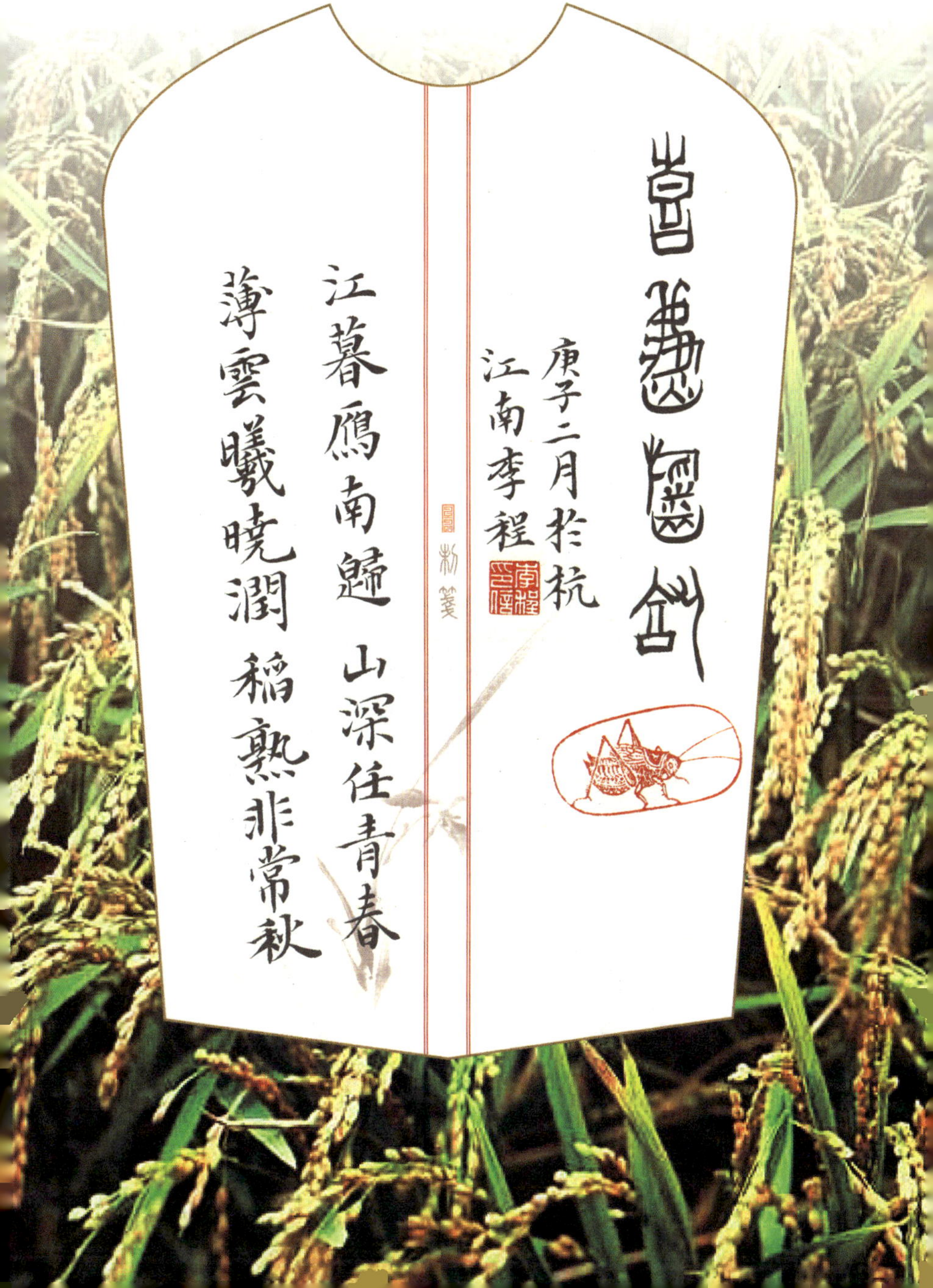
庚子二月於杭
江南李程
江暮鴈南歸 山深任青春
薄雲曦曉潤 稻熟非常秋

怀山药

秋浓千万里，也醉带雨声。
薯蓣连枝瘦，绿萝引蔓长。

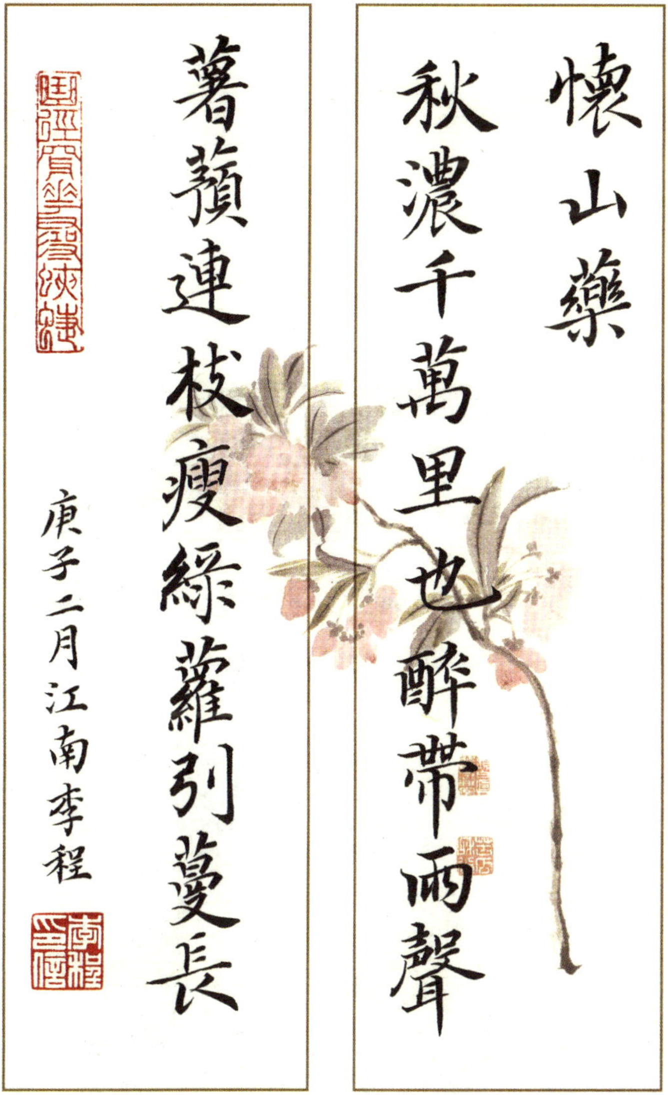
懷山藥
秋濃千萬里也醉帶雨聲
薯蕷連枝瘦綠蘿引蔓長
庚子二月江南李程

枯　荷

云峰叠万翠，湖静片帆来。
荷枯香依旧，隐隐闻雪飞。

题花椰菜

雨晨遇菜花，品色十分佳。
本自西洋来，风光满田野。

芋　叶

身世本贫贱，水濯出彩中。
霞催茎叶展，磊落不邀功。

冬日里的芋叶，以其独特的清新、光明和纯真，使人心境平和，暂时身心放松。

山　芋

凡事思量不声张，根扎沃土胜幽兰。
昔时果腹出垄田，今朝叶茂雨露展。

山芋

凡事思量不聲張
根扎沃土勝幽蘭
昔時果腹出壟田
今朝葉茂雨露展

庚子二月於杭
江南李程

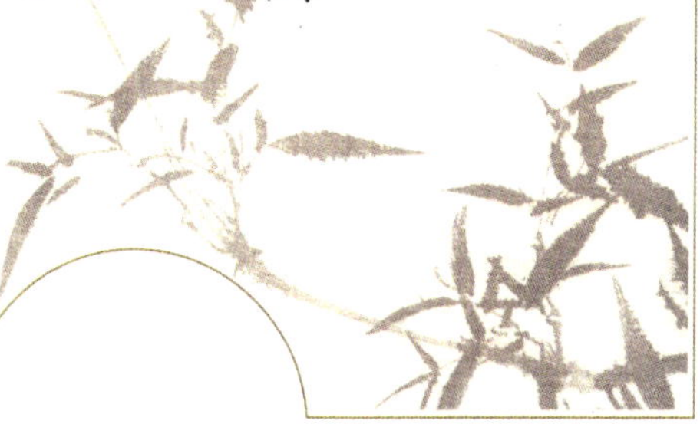

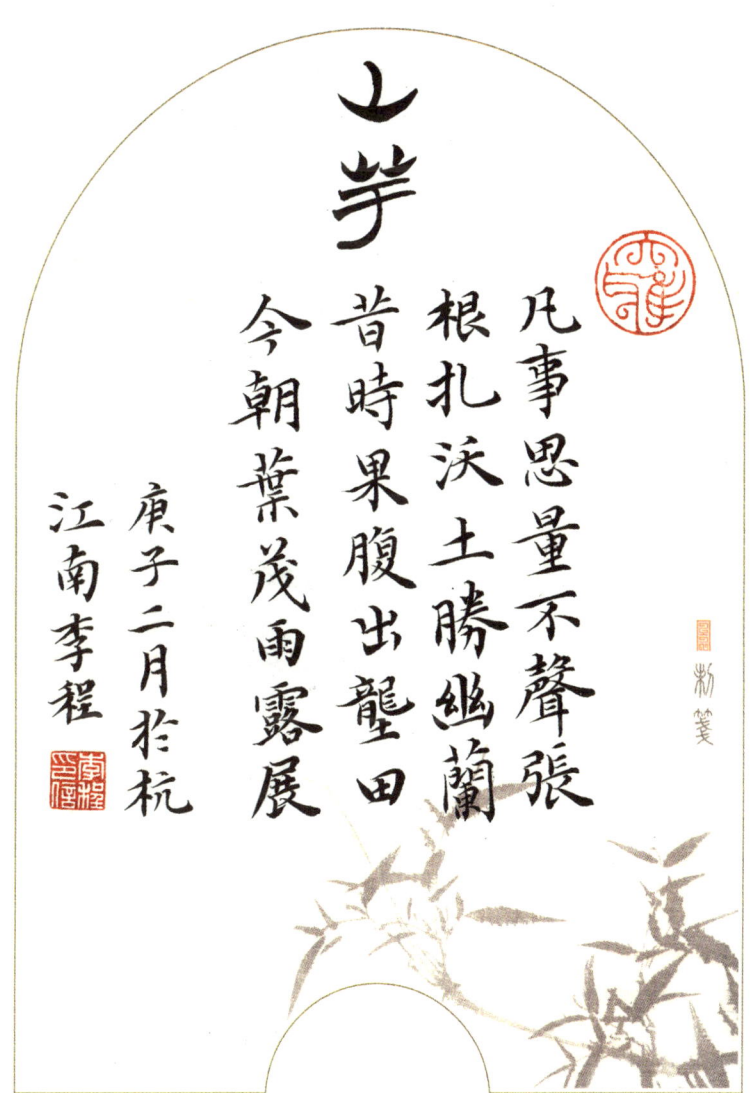

不知火

人人唤作丑八怪，其实汪汪润齿唇。
寒夜送君心意重，愿借此果表丹诚。

不知火是柑橘的一种，民间也称凸顶柑、丑八怪等。不知火果皮粗糙，但果肉清甜，味道极好。

不知火

人人喚作醜八怪

其實汪汪潤齒唇

寒夜送君心意重

願借此果表丹誠

己亥年秋月　黄雨桐　书

君子兰

风和日暖迎元旦，兰草凌霜意味长。
幽谷出生高雅寄，清芬暗持已文章。

再题君子兰

品正堪君子，方圆任自馨。
葳蕤臻日上，笃慎亦欣欣。

早春豌苗

水黯烟长花瑟瑟，东风咋寒野薇出。
春愁一捧难颜笑，色堇相随万事无。

晨光柔软，清新怡人，尽收一地芬芳。

南瓜花

得闲又过竹林外，秋暮时节君再芳。
石怪泉清怡悦浓，金黄点蔓睐幽香。

道理还是这个：你若盛开，蜂蝶自来。